AF500543

RELATION TRES-VERITABLE, & miraculeuſe, d'une ieune fille de BOHEME,

Demeurant à preſent à LESNO *en Pologne,*

Laquelle, depuis un an en çà, a eu diverſes extaſes, & revelations.

Ioel 2. *Vos fils, & vos filles prophetizeront.*

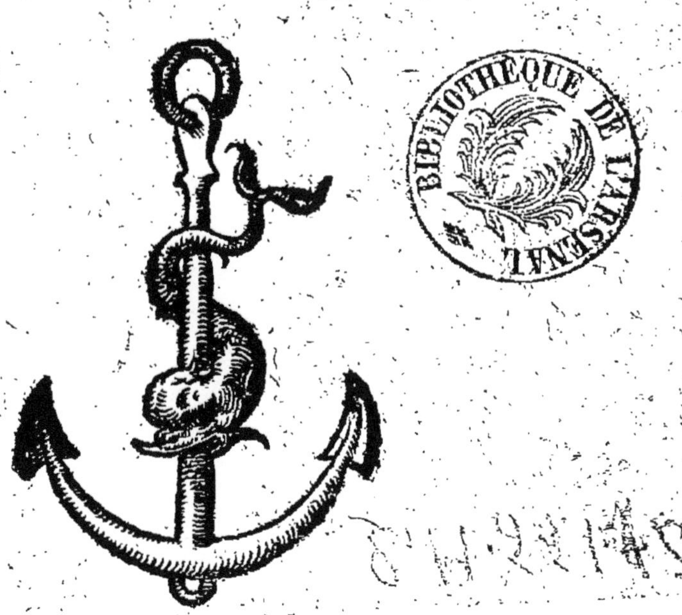

AV LECTEVR.

AMI Lecteur, Ie ne veux prevenir d'aucun preiugé ton iugement sur cete estrange narration. Seulement suis-ie obligé de te respondre d'entree, que tout ce qui t'est ici representé, vient de tel lieu, que tu n'as aucun suiet de douter de la pure verité du fait. On te represente les lettres d'vn grand Seigneur, & Baron, & d'vn excellent Philosophe, & Medecin, qui ont esté, & sont encor presens, & tesmoins oculaires. Et pourroit-on produire autres tesmoignages en grand nombre, qui tous vniformément attestent de la chose. Le but de la publication ne passe point ces trois esgards. Le premier, de produire au iour vn prodige estrange, auenu en nos iours. Le deuxieme, de donner suiet aux personnes iudicieuses, & sauantes, d'examiner les causes, & mouuemens de tout ceci. Le troisiesme, d'adorer les merueilles de Dieu; & d'en tirer, sinon l'vsage d'vne esperance toute preste: au moins celui d'vne consolation en patience. Bien suis-ie certain, qu'il n'y a qu'edification, & instruction, à remporter de cete lecture: & qu'il n'y a esprit si reuesche, & sinistre, qui y puisse soupçonner illusions diaboliques, ni artifices humains, & cauteles d'imposture. Et que toute personne fidele, & bien sensee, prendra plaisir, & receura profit à *voir diſtinctement les proprietés, mouuemens, & actions differentes de la vie animale, & de la ſpirituele: & par les ſaintes & diuines paroles de cete fille en ſes extaſes, gouſtera les ioyes & delices de l'affranchiſſement de ce corps de mort. On te le preſente ſans paßion, li-le ſans paßion: & prie Dieu, qu'ayant touſiours l'œil au pole fixe de ſa parole, tu puiſſes iuger au vrai, s'il y a point quelque phare, ou fanal, en ce bas monde, proche de toi, pour ta conſolation. Ce narré peut ſeruir à cela, & non plus outre.*

RELATION D'VNE ieune fille de Boheme, qui a eu des visions, & extases admirables.

CETE ieune fille, nommee Christine, d'enuiron seize ans, est fille d'vn excellent homme, & tres-craignant Dieu, nommé Iulien Poniatouius, Polonois, gentilhomme d'extraction, & qui autresfois a esté Moine, & s'estant rangé du costé des Protestans, entre ceux qu'on nomme, *Fratres Valdenses*, il a exercé le Ministere, en vne ville de Boheme, dite Iungen Buntzel, auec reputation de tresgrand sauoir, & de sainte vie. Cete ieune fille, en ces dernieres persecutions pour cause de Religion, fut receuë en la maison d'vne principale Dame du pays, entre ses autres Damoiselles, & s'y porta fort honnestement, & paisiblement. En l'annee 1627. le deuxiéme Nouembre, styl ancien, elle vid au ciel vne verge, de laquelle le manche, ou poignee, estoit tourné deuers le Septentrion, & la pointe ou queuë deuers le Midi. Et, peu de iours apres, elle tomba en vne grieue maladie, en laquelle elle fut quelque temps gisante au lit, & soigneusement gardee. Pendant ce temps, elle eut plusieurs fois des extases, & rauissemens d'esprit, faisant quelquesfois des gestes & contenances fort estranges, le tout en silence: quelques fois proferant paroles, & tenant des deuis lesquels on entendoit, & estoyent tout sur le champ rediges par escrit; & puis apres, quand elle estoit reuenue à soi, lui estoyent representés, & elle les relisoit, & approuuoit. Mais, quant à ses visions interieures, elle-mesmes les a escrites de sa main. Cependant, est à remarquer, qu'ayant dés le commencement demandé vn signe à l'Esprit, lui fut baillé cetui-ci: c'est, qu'elle deuiendroit muette pour quelque temps: ce qui aussi auint; de sorte qu'elle ne se pouuoit faire entendre, que par escrit. Et cela dura quelques semaines. Apres lesquelles la langue lui fut derechef desnouëe. Dés la nouuelle annee 1628. selon qu'elle mesme auoit predit, tout en vn instant, elle recouura santé, force, & allegresse, au grand estonnement de tous. Elle va & vient, est frequente en prieres, & par fois iusne trois, quatre, cinq iours consecutifs, esquels elle ne mange rien du tout: & en ce temps a des visions, comme auparauant, en presence de gens: est rauie en son esprit, & lors les mains lui deuienent froides, & roides, & n'apperçoit-on en elle aucune respiration. Et toutesfois elle void, marche, oit, & parle, quelques fois tout bas sans estre entendue, quelques fois aussi tout haut, & intelligiblement:

mais,

mais, à ce qu'elle dit, ce n'est que des choses, qui peuuent & doiuent estre seuës, & entendues. Ce qui aussi est la cause, pour laquelle elle n'a voulu escrire aucune de ses visions dés le nouuel an 1628. iusques à ce que le temps ordonné ne soit arriué: disant, qu'on se doit contenter de cela. Depuis ce temps-là, elle a eu en Boheme quatre visions non reuelees encor, & en son voyage, & demeure en Pologne, iusques au troisiéme Mars 1628. quatorze: & continue encor depuis à en auoir d'autres: en presence de plusieurs personnes, Ecclesiastiques, & Politiques; de haut & de bas estat, qui la visitent tous les iours, & deuisent, prient Dieu, & chantent Psalmes, & Cantiques auec elle: dequoi il y auroit beaucoup de choses à escrire. Elle a aussi de coustume fort souuent, estant en extase, de s'asseoir pres d'vne table, & là faire les gestes d'vne personne qui lit dans vn liure, lequel elle dit estre de la longueur de cinq quartiers d'aune, & de l'espesseur de trois quartiers, lequel elle dit lui estre presenté par vn Ange pour y lire: & qu'icelui est intitulé, Le liure des Arrests de Dieu, touchant la derniere restauration de l'Eglise: & duquel elle a lu par fois dix, par fois aussi vint, trente, soixante, & iusques à cent fueillets: & dit qu'elle n'en a plus à lire qu'enuiron cent. Et qu'elle ne sait pas encor, si elle deura reueler ce qui y est contenu: que si elle en reçoit le commandement, elle l'escrira fidelement, & punctuellemēt: cōme celle, qui a vne memoire prodigieuſe de tout ce, qui lui eſt aue-nu en ſes extaſes, iuſques à preſent. Mais, quant aux autres choſes, viſions, & paroles, elle dit qu'elle ſait tres-bien qu'elle les doit reueler en ſon temps: & qu'icelles contienent choſes admi-rables, & tres-particulieres, touchant pluſieurs ſingulieres perſonnes, pays, & ſuccés. Et eſt à re-marquer, qu'elle meſme predit le temps & l'heu-re, que toutes ſes viſions & extaſes lui doiuent a-uenir. Son pere, ayant appris ces choſes, lui en a eſcrit à pluſieurs fois, & fort ſeuerement, pour l'en deſtourner: & en fin, eſt venu lui-meſme la viſiter, & l'a veuë, & a diligemment examiné, ſi ce n'eſtoit point quelque phantaſie, ou reſverie; & l'ayant veuë par cinq fois en extaſe, a finale-ment confeſſé que c'eſtoit le doit de Dieu: & qu'en ſa fille il auoit appris deux choſes: La pre-miere, quel eſt le ſens des paroles de Balaam, di-ſant, Celui, qui voit les reuelations du Tout-puiſſant : celui, de qui les yeux ſont ouuers, quand il chet à terre : L'autre, quelque effet, ou eſchantillon de ce qui eſt dit au Cantique des Cantiques, touchant les deuis & entretien de l'Eſpoux celeſte auec ſon Eſpouſe. Ce meſme perſonnage du depuis a pris la patience de lire les viſions de Kotter, le conroyeur de Sileſie, contre leſquelles il auoit aſprement diſputé par ci-deuant, & a reconu que Dieu auoit elu ice-lui Korter, & cete ieune fille, pour ſinguliers or-ganes, l'vn pour la nation Allemande, & l'autre

pour

pour la Bohemiene. Cete ieune fille a esté de Boheme conduite en Pologne, à la mesme Dame Bohemiene, chez qui elle auoit demeuré en Boheme : & là lui est auenu vn accident notable: c'est, que le trezième Ianuier 1628. elle receut commandement en vision, d'escrire vne missiue au Duc de Fridland Wallestein, & de l'aller deliurer en mains propres à la femme d'icelui Duc, en la ville de Guitschin, & ce dans le iour de Samedi, prochainement venant, auec asseurance, qu'il ne lui arriueroit aucun mal en ce voyage, mais que telles & telles choses lui auiendroyent pour signe, tant en chemin, que pres de ladite Princesse : lesquelles aussi auinrent par effet de point en point : & mesmes que le Seigneur, en la presence de la Princesse, lui apparoistroit, & lui declareroit autres choses encores : & elle ayant demandé, Comment cela se pourroit faire, & comment elle pourroit arriuer en ce lieu-là? elle eut pour response, Ta mere t'y conduira: & elle ayant repliqué que sa mere estoit morte, le Seigneur lui respondit, Celle, qui a soin de toi à present, est ta mere : car elle te porte vne affection de mere : & telles & telles Dames, iront auec toi: (entre icelles, à ce qu'on dit, estoit la vefue du Comte de Schlick, decapité à Prague) di leur ma volonté : cela aussi auint en la mesme façon : car le lendemain, apres auoir escrit la lettre, elle declara le fait à ces Dames, Baronnes du païs, lesquelles du commẽcement en firent difficulté, mais en fin se resolurent, & auec elle allerent en coche à Guitschin : & s'estans presentees à la Princesse, & lui ayant de bouche declaré la cause de leur venue , icelle fut effrayee, & eut grande apprehension de laisser venir cete ieune fille en sa presence : & les Iesuites, & autres conseillers, la voulant aller trouuer au dehors, où elle s'estoit arrestee, & l'examiner ; la Princesse ne le voulut permettre: mais y enuoya à plusieurs fois sa Maistresse d'hostel, ses Damoiselles, & son Medecin: & à la fin elle l'admit en sa presence, & receut d'elle la lettre, cachetee de trois cachets en triangle, auec tres-expresse sommation, & obtestation, de ne la deliurer à ame viuante, qu'à son mari: ce que la Princesse lui promit fort gratieusement, & lui fit toute courtoisie, & bon accueil, parla à elle fort benignement de diuerses choses, & la conuia de s'asseoir. Pendant qu'elles deuisoyent ainsi assises , ladite fille tomba en extase, dequoi la Princesse, & toutes ses Damoiselles, furent fort effrayees, la toucherent, & ne purent se contenir de pleurer. En cete vision il fut commandé à la fille, de ne s'arrester point plus longuement en ce lieu-là, ains de s'en retourner d'où elle estoit venue: & nonobstant que la Princesse la pressast bien fort de demeurer là la nuit , elle partit ce mesme iour, & par chemin elle eut encor vne vision, auec commandement de se retirer en Pologne , & qu'elle seroit accompagnee par tel & tel, en tel & tel lieu : ce qui aussi de point

en

en point fut accompli. Cete lettre susdite, à ce qu'elle en a declaré, contenoit, apres vne brieue instruction, au Nom du Seigneur Iesus Christ, tout plein de menaces, & de promesses, en cas que telles & telles choses fussent faites : & estoit ledit Duc tousiours tutoyé en icelle. Aussi ont dit les susdites Baronnes, qu'elles auoyent appris pour chose asseuree, lors qu'elles furent à Guitschin, qu'à la mesme heure, que la fille auoit eu commandement d'escrire la lettre, le Duc de Fridland auoit eu vne vision en son cabinet à Guitschin, en presence de ses deux valets de châbre: dont il auoit esté grandement espouuanté, & alteré; & tout à l'instant estoit parti pour Prague, ayant defendu de n'en rien dire. Et pendant son absence, la fille fut là, & y apporta la lettre.

S'ENSVIVENT LES visions.

LE 1. Decembre 1627. i'eu cete vision. Vn vieillard vint à moi, & me dit, Sui-moi. Et tout aussi tost ie le suiui, & me trouuai auec lui dedans les nues, là où estoit vne tresgrande multitude de peuple: & au dessus d'icelui y auoit vn, assis sur vn throne, en vestemens blancs, & la teste d'icelui estoit extremement resplendissante; & icelui me dit, Pren bien garde à ce qui auiendra. Là dessus sortit de la multitude, vn qui estoit vestu d'vn vestement blanc, & auoit en sa main vne coupe, & dit à celui qui estoit assis sur le throne, Seigneur, verserai-ie de cete coupe le vin de ton espouuantable courroux, sur les meschans? Et celui, qui estoit assis sur le throne, respondit, Atten: car mon ire n'est point encor à son comble. Là dessus, cetui-là se departit. Apres cela, vint en auant vn autre, qui auoit vn vestement blanc, comme le precedent, & tenoit en sa main vne grande espee, dont moi-mesme auoy grand peur. Mais le vieillard me dit, Ne crain point: car ni toi, ni aucun des elus n'en aurez aucun mal. Là dessus celui, qui auoit l'espee, cria, Seigneur, descendrai-ie là bas, & destruirai-ie auec cete espee tous ces peruers, & abominables? Mais celui, qui estoit assis sur le throne, respondit, Atten: car le temps ordonné n'est point encor arriué. Et sur cela, cetui-ci aussi se departit, & ie demeurai fort estonnee. Lors vint derechef vn troisieme, fort ressemblant aux deux precedens, & auoit en sa main vne fleche volante. Et ie fu fort effrayee. Mais le vieillard, qui estoit aupres de moi, me dit, N'ayes point de peur: ie te l'ai desia dit, que ni à toi, ni à aucun des elus n'auiendra aucun mal de ceci. Lors le troisieme cria à haute voix, Seigneur descocherai-ie la fleche de ton courroux espouuantable sur tous les meschans? Et celui, qui estoit assis sur le throne, dit, Atten: car le iour de la vengeance n'est pas encor venu: mais la chose commencera bien tost: & mal-

& mal-heur aux malins en ce iour-là. Voici, ie me leuerai bien tost, ayant mon iugement auec moi. Alors toute la multitude cria à haute voix, Amen.

Le 1. Decembre 1628. ie tombai derechef en extase, & en icelle montai sur vne haute montagne, sur laquelle estant, ie leuai les yeux au ciel, & remarquai que le ciel s'ouurit, & là ie vi vn vieillard, lequel me regarda, & me dit, Monte ici. Et ie lui respondi, Seigneur, ie ne puis. Et il me dit, Donne-moi la main. Et ie lui tendi les deux mains. Et à l'instant il me tira vers le ciel. Et apres qu'il m'eut receuë à soi, il me dit, Fai cete priere : Seigneur, dispose mon cœur, & tous mes sens, à ce que ie puisse comprendre tes œuures. Apres cete priere, ie vi vne grosse troupe de peuple, & le lieu auquel ie m'estoy arrestee, qui estoit fort spacieux, & resplendissant : tellement que i'auoy la veuë presques esblouïe de la grande clairté. Lors le vieillard me dit, Là est le siege, le throne, & la Majesté du Dieu viuant. Pourtant pren bien garde. Et lors sortit de la troupe un, vestu de vestement blanc, qui auoit des ailes au dos, lequel s'esleua, & vola soudain fort haut, criant à haute voix, O iuste Seigneur, quand te leueras-tu, pour faire vengeance sur ceux qui mesprisent le Nom de ta gloire? Quand te manifesteras-tu en la puissance de ta force, pour arrester les forfaits des meschans? Leue-toi maintenant, & demonstre que tu es celui, qui es de toute eternité, & demeures en toute eternité: duquel les ans n'acheueront iamais. Demonstre, que tu es celui, qui regis ciel & terre, & mesmes les ames des hommes: & qu'il n'y a aucun, qui soit veritable comme tu es. Alors s'esiouïront tes fideles, quand ils verront tes vengeances sur tes ennemis, & les leurs: & diront alors, Benit soit le grand Dieu des armees, le Dieu fort, de siecle en siecle. Quand il eut acheué de prononcer ces paroles, il se tint sur ses pieds, & se tint coi. Dont ie fu fort estonnee. Alors le vieillard me dit, Regarde maintenant, & pren bien garde. Et voila, il s'esleua vn grand vent, auec des espouuantables tonnerres, tellement que le ciel croloit; & ie fu saisie de grande frayeur. Et lors sortit vn homme armé, duquel la teste estoit comme vn feu, & de sa bouche sortoyent flammes de feu. Apres qu'il fut sorti, il s'arresta, & vn de la troupe vint, & porta vne grande espee, laquelle il bailla en la main droite de l'homme armé. Et là dessus celui, qui auoit l'espee en la main droite, parla, & dit, Cete miene force, & cete dextre de ma puissance, destruira tous ceux qui s'esleuent contre moi. Regarde, ie m'en vai me leuer, au iour que les meschans ne s'en apperceuront point: au iour, di-ie, que les rebelles ne sauent point. En tel temps ie viendrai, & rendrai à vn chacun son loyer, comme il l'aura deserui: & ferai que toute forfaiture prendra fin: & exterminerai en mon courroux tous

les

les infideles : & effacerai leur nom & souuenance de la terre des viuans. Et là dessus icelui se tut: Et celui, qui auparauant auoit ainsi volé, s'auança, & s'esleua, & vola, & cria à haute voix, Mal-heur, Mal-heur, Mal-heur. Mal-heur, di-ie, à ceux qui s'esleuent contre le Roi Tout-puissant. Mal-heur aussi à ceux, qui delaissét le Roi Tout-puissant : car il les delaissera aussi, les dechassant au loin de soi, afin que iamais eternellement ils ne voyent sa face. Là dessus il s'arresta de voler, & se tint ferme, & se tut : & ie m'esmerueillai grandement. Lors, cet homme armé cria derechef, Voici, ie haste ma parole, & mon iugement, pour l'accomplir bien tost : toutesfois ie ferai auparauant vn exploit esmerueillable. Du Septentrion, & de l'Orient, viendra inopinément vn tresgrand peuple sur la face de la terre: i'assemblerai tous les peuples des royaumes de Septentrion, & d'Orient, afin qu'ils guerroyent, & veinquent auec l'espee, tous ceux qui s'opposent à moi : & mon bras, & ma force sera auec eux, pour les soustenir, & les garder de chanceler. En ce temps-la le ciel s'esgayera, & la terre chantera, la mer bruira, & toutes creatures s'esiouiront, quand ils verront l'admirable puissance du Seigneur de toute la terre, & son secours. Apres qu'il eut dit cela, il se perdit de mes yeux. Mais celui, qui auoit volé ia deux fois, vola derechef en haut, criant, Resiouissez-vous, vous fideles, en la force du Grand Roi : car il se leuera bien tost à voſtre deliurance. Il accroiſtra la ioye de voſtre cœur par la grandeur de ſa force : il vous donnera pleine matiere de ioye, & de lieſſe. Ayez ſeulement vn peu de patience : l'Eternel, le Dieu des armees, le fera. Apres qu'il eut dit cela, il ſ'arreſta de voler, & ſe perdit enſemble toute la troupe. Et ie m'eſmerueilloy grandement de ces choſes. Et l'Ancien me dit, Vien auec moi, & ie te monſtrerai grandes choſes, & tu les verras toi-meſme. Là deſſus i'allai enuiron quatre pas en auant ; & lors ie vi vn grand nombre de gros Canons : & ie demandai au vieillard, que c'eſtoit. Et il me reſpondit, C'eſt le courroux du Dieu viuant, qui bien toſt ſera laſché ſur ceux qui font mal : mais leur meſure n'eſt pas encor pleine : la malice des meſchans n'eſt pas encor accomplie : mais ils l'accompliront : afin que puis apres ils en ſoyent tant plus grieuement condamnés. Et ie m'eſmerueillai grandement de ces choſes. Mais le vieillard me dit, Va t'en chez toi en paix : tu retourneras bien encor : & me bailla la main, & me benit. Et en cet inſtant il ſe perdit de moi, & ie reuin à moi-meſme.

VNE

VNE AVTRE.

LE 15. Decembre, styl ancien, ie tombai en extase, & me trouuai en vn beau iardin. Lors vint à moi mon Vieillard, comme les autres fois, & me receut, en me baillant la main: & me dit, Vien auec moi. Et il me mena en vn beau bastiment, & en des belles chambres: & là dedans y auoit vne table, couuerte de ie ne sai quoi de blanc, de la forme d'vn Autel, sur lequel il y auoit vn grand chandelier d'or, auec vne grosse chandelle ardante. Et l'Ancien me dit, Pren bien garde. Lors vint vn homme, en habits blancs, auec la mine courroucee, disant, Ainsi dit le Tout-puissant le Seigneur des armees: voici, ie veux esteindre la chandele. En outre il dit, Ceci dit le Puissant, Voici, ie m'en vai oster le grand chandelier de sa place & le rompre: car icelui est faux, & desloyal: reluisant seulement par le dehors, mais par dedans est tout plein d'ordure. Là dessus il le prit en la main & le ietta en bas de la table par terre, dont icelui fut tout brisé, & alla en pieces: mais la table, ensemble le bastiment demeurerent encor. Lors de la bouche d'icelui sortit vn feu, qui brula la table, ensemble le bastiment, & l'embrasement en estoit bien grand. Et celui, de la bouche duquel estoit sorti le feu, se perdit. Et, comme ie m'esmerueilloy de cela, l'Ancien me dit, Ne t'esmerueille pas : mais plustost escoute. Et ie prestai l'oreille, & ouï vne forte voix, disant, Voici, i'ai desia lasché le feu de mon terrible courroux : ie ne veux plus que l'abomination regne sur mes saintes villes. Là dessus le Vieillard vint derechef auec moi, & me sembla d'estre emportee au ciel, là où ie vi vne tresluisante lumiere, & tres-grande clairté. Et l'Ancien me dit, Regarde. Lors vint à nous vn certain, en forme de ieune homme, ayant deux espees, l'vne en la main droite, & l'autre en la gauche. Et i'en eu moi-mesme grand frayeur. Et l'Ancien me dit, Ne crain point : ne suis-ie pas auec toi? prie Dieu plustost. Et quand le ieune homme fut approché, il dit, Voila, ie m'en vai faire vne œuure esmerueillable : i'enuoyerai ces deux espees contre ceux, qui sont si superbes, & arrogans, & contraires à moi. Ie les ferai venir de loin : l'vne viendra de Septentrion, l'autre d'Orient : la troisiesme sera au milieu de ces deux-là, & sera l'espee de ma bouche, laquelle destruira de fonds en comble tous les meschans, & tous ceux qui par orgueil s'opposent à moi. Auec ces espees i'exterminerai toute impieté, toute meschancete, & toutes corruptions, abominations, & idolatries. Alors ie destruirai le superbe, le peruers, & meschant : & renuerserai son throne orgueilleux, & mettrai en sa place mon seruiteur, qui me craint, & chemine en mes voyes. A cetui-là ie mettrai le sceptre en la main, & tout ensemble l'espee, afin qu'il puisse reprimer la malice des meschans: sur icelui reposera ma benediction, il regira mon peuple selon mon bon plaisir, & sera semblable à celui, dont il est escrit és liures, Qu'il estoit homme selon mon cœur. A cetui-là, di-ie, sera-il semblable. Ie l'exaucerai, & donnerai paix, & ioye au peuple qui est adherant à moi: & mesmes par ci apres ie ne me courroucerai plus, & ne penserai plus à me courroucer: car ie porte icelui graué sur mes mains. Bien-heureux sont ceux, qui me sont demeurés fideles, car ie leur demeurerai aussi fidele: & ferai qu'ils seront eternellement assis auec moi à ma Table, en mon grand Royaume. Apres qu'il eut dit toutes ces choses, il me bailla la main, & dit, Paix soit auec toi perpetuellement. Et là dessus il se perdit. Et l'Ancien me dit, Vien plus outre. Et comme i'eu fait enuiron trois pas, il me dit, Pren garde. Et ie vi vn grand & innombrable peuple: au dessus duquel il y auoit quelcun assis au haut, sur vn throne. Et ie demandai à l'Ancien, Qui est ce Roi, qui sied sur ce throne? Et il me dit, C'est le Roi des rois, le Tres-haut, & le Tout-puissant: & c'est cetui-là mesmes, qui a ietté par terre le grand Chandelier, & en la main duquel tu as veu l'espee. Et ie m'esmerueilloy grandement de ces choses. Et le peuple se prosterna, & cria à haute voix, Louange, honneur, puissance, & gloire, soit à celui qui est, & sera eternellement. Et lors tout cela passa.

VNE AVTRE.

LE 19. Decembre, styl ancien, 1627. enuiron les quatre heures apres midi, ie fu derechef rauie en esprit, & portee au ciel, comme auparauant. Lors vint à moi le Vieillard, lequel m'ayãt receuë me baillant la main, me dit, que ie prisse bien garde. Et i'ouï vn grand son d'vn grand peuple. Et ie demandai quel grand son estoit cela, que i'oyoye. Et l'Ancien me dit, Ne t'enquier point de cela: mais plustost preste l'oreille. Et ie vi vne grande multitude de peuple, qui s'armoit en grande haste. Et lors ie me tournai vers l'Ancien, qui me dit, Maintenant tu verras: pren seulement bien garde. Et lors le peuple se mit en rang de bataille, ayant à ses costés des longues espees, & portant des longues harquebuses. Et apres que le peuple se fut ainsi mis en ordonnance, il suruint vn autre aussi armé, duquel les armes n'estoyent point semblables à celles du peuple, mais estoyent toutes de feu, & iettoyent estincelles & bluettes. De la bouche d'icelui sortoit vne espee, qui estoit aussi de feu. Icelui s'auança, & tout le peuple le suiuit, & vinrent pres de moi. Et ie m'estonnai grandement, quelle armee cela pouuoit estre. Et i'ouï vne voix, qui dit, Voici, le grand Seigneur des armees sort dehors, auec les milliers de ses Saints, pour faire vengeance sur les meschans: car il ne peut plus

voir

voir la meschanceté, l'iniustice, la tyrannie, & le tort, qui est fait à ceux qui le craignent. Il a pris à cœur par sa misericorde les cris & gemissemens de ses poures, & a receu leur voix en ses oreilles. Et pour cete cause il se leue maintenant, pour exterminer finalement les meschans, & pour consoler les siens qui l'aiment. Là dessus tout ce peuple s'esuanouit, & ie demandai à l'Ancien, où estoit allé ce peuple? lequel me respondit, Ie ne te le veux pas dire à cete heure. Ce peuple est le peuple celeste: & il t'en sera monstré encor vn autre, mais non en ce lieu-ci: mais quelque autre part. Car tu ne viendras plus à moi: ains moi-mesme viendrai à toi. Tien-toi donc preste: ie te ferai encor voir plusieurs autres choses. Va t'en en paix. Et là dessus me benit, me tendant la main. Et ie reuin à moi.

VNE AVTRE.

LE Mardi premier Ianuier styl ancien 1628. enuiton les cinq heures apres midi, i'eu vne telle vision. En premier lieu vinrent à moi trois Anges en forme de trois iouuenceaux: l'vn portoit vn gros liure en ses mains, lequel estoit de lõgueur de cinq quartiers d'aune, & de hauteur, ou d'espesseur, de trois quartiers. Et l'Ange, qui le portoit, l'ouurit, & me commanda d'y lire trois fueillets. Et quand i'eu acheué de les lire, l'Ange referma le liure: & apres qu'il l'eut emporté, lui, & les deux autres, comme s'ils eussent parlé d'vne seule bouche, me dirent, Sui-nous. Et i'allai, & fu portee à vne grande, & fort espesse, & obscure forest: sur laquelle ie vi tomber des nues vn tres-grand feu, qui voloit & estoit lancé par ci par là dedans la forest, & par dessus icelle. Et ie demandai aux Anges, quel grand feu estoit cela? Et ils me respondirent, que c'estoit le terrible, & ardant feu de l'ire & de la ialousie de Dieu, qui ne peut plus estre appaisee. Et quant à la forest, que tu vois, c'est toute la troupe de Satan, & de l'Antechrist, laquelle par ses idolatries, seductions, & impostures, est tellement corrompue, entrelassee, & obscurcie; que tu n'as pu, à cause de ses grãdes erreurs, aueuglement, & tenebres, voir aucune lumiere en cete grande forest de leurs pechés, & meschant train. Et pourtant aussi le feu du grand Dieu a esté tout à plein lasché sur eux, & n'a pu estre plus auant retenu: d'autant qu'il estoit extremement allumé contre cete forest, laquelle estoit pleine de pechés, d'erreurs, d'idolatries, iniustices, cruautés, & toutes sortes de vices. Aussi n'a point esté lasché ce feu à celle fin tant seulement que les insectes & vermine de Satan, & la troupe de l'Antechrist, soyent effrayés: ains afin que toute leur ordure, ensemble leur meschant nid, soit entierement brulee: & qu'il n'en demeure aucune trace, ni memoire. Car il n'est pas possible, que le sceptre de Satan regne plus longuement sur les iustes: de peur qu'eux mesmes à la fin ne se tournent à quelque meschant affaire, & vienent à defaillir. Apres qu'ils eurent dit ces choses, ils me commanderent de regarder de ce costé-là : & ie vi que les arbres de cete forest tõboyent fort rudement à terre, & estoyent reduits en cendres. Mais vn de ces arbres ne put par vn long espace estre consumé par le feu: iusques à ce qu'vn autre feu vint des nues, & l'acheua de bruler. Apres que ce feu fut esteint, & que la forest fut toute reduite en cẽdres, il s'esleua vn fort grand vent, qui souffloit si violemment, qu'il emporta toutes les cendres, de sorte qu'on ne pouuoit plus remarquer l'endroit où les arbres auoyent esté brulés, & auoyent esté plantés. Et lors les Anges me dirent derechef, Regarde encor. Et ie vi vne partie des arbres, qui estoit demeuree, laquelle auoit esté preseruee du feu, & iceux verdoyoyẽt, & s'espandoyent fort plaisamment. Lors ie demandai, pourquoi ces arbres n'estoyent point brulés auec les autres? Et les Anges me respondirent, le courroux de Dieu ne viendra iamais sur ceux-ci: d'autant qu'ils ont gardé leurs ames pures, & leur cœur a porté le fruit de patiẽce és plus fortes persecutions: & n'ont point ployé le genouil deuãt Baal, & leur ame & leur cœur n'est point allé après l'idolatrie. C'est le petit troupeau, à qui le Pere celeste a preparé le Royaume. Ce sont les iustes Loth, pour les pleurs, gemissemens, & cris desquels, le Seigneur a abbregé les iours mauuais, & les a mis à l'escart, pendant que son horrible courroux a brulé, afin que ses vrais elus ne perissent enuelopés dans la vengeance des meschans. Mais maintenant, que la playe est passee, & que le redoutable courroux est appaisé, & que l'ondee, le tonnerre, & la gresle, & le vent violent des tentations, sont arrestés, le Seigneur les a, par maniere de dire, ramenés au pays de promesse, & là a commencé le grand Iubilé, & là ont-ils oublié toutes les calamités passees, à cause de la grãd ioye presente: d'autãt que l'Eternel a rempli leur cœur de ioye. Ceux-ci s'espandiront au long & au large, le Seigneur les benira en cete vie & en l'autre eternellement: & leur donnerai le moyen, au temps de la paix, de pouuoir seruir à leur Dieu, en paix, & ioye, & sans opposition quelconque. Ayant eu cete responsе, ils me dirent, Vien plus auant auec nous: Et i'allai auec eux, iusques à vne grande eau, en laquelle ie vi vn extremement grand serpent, qui se lançoit çà & là: & ie demandai quel serpent estoit cela? Et les Anges me respondirent, C'est celui, qui s'oppose à Dieu, & à ses saints: & en lieu de iustice & d'equité, exerce iniustice, & extorsion: & en lieu, qu'il deuroit auãcer le vrai & pur seruice de Dieu, permet beaucoup plustost que l'idolatrie, & la meschanceté s'augmente. Et pourtant aussi sa ruine, & son abbaissement est fort proche. Car son cœur s'est esleué en orgueil: il a esté esblouy d'yeux, & d'entendement par sa propre gloire, & puissance; tellement

lement qu'il faut qu'il perisse finalement en l'endurcissement de son cœur : pourtant, vien, & voi sa ruine. Et i'allai, & vi comme le serpent s'estoit trainé hors de l'eau, & gisoit sur de l'herbe verte deuers le Midi, & estendoit fort espouuantablement sa langue fourchee en hors, dont moi-mesme auoy grand frayeur. Là dessus la terre s'ouurit, & engloutit le serpent. Et lors ie pri deux grosses pierres, & les mis sur l'endroit, où le serpent s'estoit perdu, afin qu'il ne pust plus sortir dehors. Et les Anges me dirent, Maintenant as-tu veu la perdition du grand serpent. Ci apres te sera monstree la miserable cheute de sa propre personne: & le Seigneur mesmes te la monstrera. Là dessus, nous-nous departimes de là, & voici il y auoit vn autre petit serpent, gisant sur la terre, lequel aussi se debatoit fort estrangement, & se glissa iusques à l'endroit, où le premier serpent estoit deualé : & ie pri vne autre pierre, & vouloy le tuer: mais, quand i'eu ietté la pierre cōtre icelui, il s'entortilla à l'entour de la pierre, & me mordit en vn doit de la main droite, & me sembloit au vrai qu'il en sortoit du sang en abondance : comme de fait aussi i'y senti de la douleur, apres que ie fu reuenue à moi. Mais le serpent ne laissa pas de mourir, & se perdit, au mesme endroit que l'autre. Et les Anges m'ayant benite, se departirent de moi, & ie reuin à moi.

VNE AVTRE.

Le troiſiéme Ianuier le Seigneur meſme vint à moi, en tres-belle forme : & apres m'auoir baillé la main, il me dit, Ma benediction ſoit auec toi en tout temps. Puis me dit, Vien auec moi. Et i'allai auec lui en vn beau iardin, là où vint auſſi l'Ancien, lequel me ſalua, me baillant la main. Et nous-nous pourmenions par le iardin, le Seigneur à la droite, & l'Ancien à la gauche : & eſtant ainſi au milieu, me conduiſoyent par la main. Là ie me plaigni à l'Ancien de ma miſere, de ce que toute la ſemaine i'auoy' eu les oreilles bouchees, & la langue nouëe : & le priai, qu'il me rendiſt mes oreilles, & ma parole : d'autant que le Seigneur en faiſoit difficulté: attendu que l'Ancië auoit meſme pouuoir que lui, pource qu'ils eſtoyẽt tous deux eſgaux en toutes choſes. Là deſſus, l'Ancien me dit, Pourquoi es-tu tant impatiente ? pourquoi te plains-tu tant ? Et ie lui reſpondi, Mon ame eſtoit affligee, pource qu'il me ſembloit que c'eſtoit vne punition, ou vn ſigne de ton courroux contre moi : car de vrai ie confeſſe d'auoir bien merité non ſeulement cete punition temporelle, mais meſmes auſſi les eternelles. Et l'Ancien me reſpondit, A quoi as-tu reconu cela, que ce qui t'eſt auenu en la langue & és oreilles, ſoit ſigne de mon courroux? Et

ie

ie lui di, Ie n'en ai de vrai point eu de iuste occasion: mais ie pensoy que peut estre c'en pouuoit estre quelque indice: d'autāt que tu ne m'ē auois point declaré de cause. Et il me respondit, O instrument de ma grace, pourquoi t'es-tu ainsi affligee de cela en ton esprit ? n'as-tu pas obtenu de moi par ci-deuant vn signe, que tu es ma seruante, & du souuerain Roi? & monstra auec le doit le Seigneur: l'as-tu oublié? as-tu oublié, que ie suis immuable, & que mes paroles sont irreuocables? Ceci n'est nullement signe de mon courroux, mais seulement vn mien œuure, pour monstrer, que ie puis & en toi, & en tout autre, faire tout ce qui est de mon bon plaisir. Aussi t'ai-ie lié la langue, & osté l'ouye, afin que tu n'ouysses, ni ne parlasses ne plus ne moins, que ie te commande: voire mesmes, afin que tant plus diligemment, & auec plus de zele, tu considerasses mes œuures, & ma grace, que ie te demonstre. Pourtant, aye bon courage, & mets ton esprit en paix: & vien plus outre auec moi: car ie te veux monstrer quelque chose. Et il me prit par la main gauche, & le Seigneur par la droite, & me mena en vn endroit du iardin. Et voici, vn lion vint courant d'vn costé du iardin, & de l'autre costé vn autre grand lion, & coururent l'vn contre l'autre. Ces deux lions estoyent fort grands, & i'en eu frayeur: l'vn estoit bleu, & l'autre rouge. Ils auoyent aussi des espees en leurs pieds de deuant, & leurs ongles estoyent longues & grosses: l'vn

& l'autre se tint debout sur les pieds de derriere, & de ceux de deuant tenoyent les espees. Sur cela l'Ancien regarda vers le ciel, & me dit, Regarde. Et ie vi venir vn fort grand cheual blanc, lequel aussi ne cheminoit que des deux pieds de derriere, & auoit deux grosses testes: & tenoit en ses deux pieds de deuant vne boule de fer toute rouge: il marchoit de grande force, tellement que la terre en trembloit. Mais, quand il s'approcha des lions, il se mit au petit pas, comme s'il eust eu crainte d'eux, & eust voulu tourner le dos. Mais les lions se tindrent courageusement fermes, l'vn d'vn costé l'autre de l'autre: & regarderent le cheual qui venoit à eux, baissoyent par fois la teste l'vn contre l'autre, comme s'ils eussent parlé ensemble, & ne laissoyent pas cependant de prendre bien garde au cheual. En fin le cheual vint fort prés des lions, & ietta la boule toute rouge de feu entre eux, apparamment à cete intention, que, pendant qu'iceux se deschireroyent l'vn l'autre pour la boule, il saureroit entr'eux sans dommage. Mais les deux lions laisserent la boule, & coururent au cheual, & lui arracherent ses deux testes, & le mirent tout en pieces, & le deuorerent tout entierement: & derechef tinrent quelque propos ensemble, mais ils poussērēt la boule loin d'eux. Et l'Ancien me dit, Regarde encor. Et derechef ie vi vn arbre, haut & estēdu, lequel estoit au milieu des deux liōs, & les couuroit de ses branches

ches: car il estoit grandement large. Et au haut de l'arbre, ie vi vne grande aigle branchee, laquelle auoit deux testes, quatre ailes, & quatre pieds, & deux queuës. Et i'ouï qu'elle crioit bien fort, à haute voix: mais ie ne pu point entendre ce qu'elle crioit. Lors ie demandai à l'Ancien, ce que cet oiseau auoit crié, & pourquoi? Et il me dit, Cet oiseau crie ainsi: Me voici haut esleué, par dessus les autres: & pourtant, qui sera si hardi de venir, & de m'enleuer de mon haut siege? Il n'y en a, ni n'en aura iamais aucun. Mais, quand il eut acheué de parler, les deux lions s'approcherent de l'arbre, & l'escroulerent bien fort, iusques à ce que l'Aigle tomba embas: & lors ils la deschirerent en pieces, & la deuorerent, de mesme le cheual. Et l'Ancien me dit derechef, Vien plus outre auec moi. Et tous deux me conduisirent aupres d'vne grande eau, pres de laquelle il y auoit aussi vn arbre grand & large. Et l'Ancien me dit, Regarde. Et les deux lions vinrent derechef, couperent, & mirent en esclats l'arbre, & gratans la terre auec les ongles, arracherent les racines de l'arbre, & ietterent le tout dans l'eau: & foulerent & graterent des pieds le lieu, auquel les racines de l'arbre auoyent esté: tellement que de cet arbre ne demeura aucune trace, ne marque. Lors l'Ancien me dit derechef, Vien maintenant plus outre, & regarde la fin. Et i'allai, & vi vne extremement belle & grande maison, qui estoit toute bastie de belles pierres de taille, & reluisoit bien fort. Et ie demandai à l'Ancien quelle maison estoit cela, qui estoit si belle, & si grande? Et il me respondit, C'est cete obstinee, & contrariante maison : laquelle par le dehors reluit : mais au dedans est pleine d'ordures, d'abominations, de faussetés, & de meschancetés. C'est la grand Babylon, de laquelle la cheute est fort proche. Car il est impossible, qu'elle subsiste plus longuement : attendu que ses pechés sont montés iusques au ciel. Pourtant regarde attentiuement à ce qui auiendra. En ce mesme point vintent derechef les deux *lions* precedens, & auec eux encor vn troisieme lion, blanc comme neige : & ces trois lions marcherent de compagnie contre la maison, & la demolirent, & la renuerserent sans dessus dessous: & le lion blanc s'employa si puissamment à rompre & despecer, qu'à la fin la maison trebucha, & fut reduite en poudre. Et les lions foulerent le sable aux pieds, & crierent à haute voix, Babylon est tombee, Babylon est tombee, la grande maison d'Austriche est tombee, & la superbe & altiere maison a esté ruinee, & ne sera iamais plus rebastie : la maison d'abomination, & d'adultere est meshui toute ruinee, non toutesfois par nostre force, mais par la force du puissant lion de la tribu de Iuda. Et les lions se retirerent l'vn d'auec l'autre : l'vn d'vn costé, l'autre de l'autre : & le troisieme se perdit aussi auec eux. En ces entrefaites, il se leua vn grand vent, qui emporta

toute

toute la poussiere, iusques à ce qu'il n'en demeura chose quelconque de reste. Et l'Ancien me dit, As-tu maintenant veu ce qui est auenu? Et ie di, Ouy, Seigneur, ie l'ai veu. Mais ie te prie, di-moi, que faut-il entendre par ce cheual, cete aigle, cet arbre, cete maison, & ces lions? Et l'Ancien me respondit, Par le cheual, l'aigle, l'arbre, & la maison, tu ne dois entendre autre chose, que le grand F. & P. & toute la suite & bande de satan, & de l'Antechrist, lesquels en bref, & fort soudain seront entierement destruits, & exterminés: & les lions sont les Hongrois, les Turcs, les Tartares, les Suedois, les Danois, les Estats, les François, les Anglois, les Venitiens, & Saxe Weinmar. En outre l'Ancien me dit, Par ceux-ci sera destruit l'Antechrist, Babylon, & le regne de satan: & sera tout ruiné, & dissipé, comme tu as veu, que ces lions ont despecé & ruiné cete maison. Et particulierement, cete grande maison, laquelle d'eux mesmes ils n'eussent pu destruire: mais il a falu que le troisiéme lion de la tribu de Iuda vint là: & cetui-là, comme tu as veu, y a grandement aidé. Cetui-là sera leur force, & leur soustien, afin qu'en sa force, & puissance, ils obtienent victoire. Pour cete heure ie m'en veux aller de toi: mais ie reuiendrai bien tost à toi. Ie te ren la parole, & ton ouye. Lors ie le remerciai. Et me baillant la main, il me dit, Paix soit auec toi. Et tout aussi tost s'en alla. Mais le Seigneur demeura encor quelque espace de tẽps auec moi: & ie lui parlai de ce liure, que les Anges m'auoyent apporté: & le priai, qu'il m'expliquast ce que i'y auoy leu. Ce qu'aussi il fit. Et apres cela, il me benit, & s'en alla. Et ie reuin à moi.

VNE AVTRE.

LE septieme Ianuier, styl ancien, 1628. enuiron les six heures apres midi, i'eu cete vision. Les trois Anges vinrent derechef à moi, en la mesme façon qu'auparauant, auec le gros liure: me baillerent la main, & me dirent, La paix de Nostre Dieu soit auec toi. Et ayant ouuert le liure, ils ne m'en laisserent lire que trois fueillets, Et quand ie les eu leus, ils fermerent le liure, & me dirent, Vien auec nous, afin que nous te monstrions ce que l'Eternel a commandé de te faire sauoir. Et i'allai auec eux vne mediocre espace dans le iardin, auquel i'auoy coustumierement les visions. Là dessus ie vi deux grands lions, qui auoyent des espees, & venoyent l'vn de Septentrion, l'autre de l'Orient. Et ces deux lions vinrent l'vn aupres de l'autre, & s'enclinerent l'vn contre l'autre, comme s'ils eussent deuisé ensemble. Apres cela, ils se troublerent, comme s'ils eussent eu quelque mes-intelligence l'vn

auec

auec l'autre. Et tout à l'impourueu ie vi, q̃ le ciel s'ouurit, iustement sur le lieu, auquel estoyent les deux lions, & il tomba du ciel entre les deux lions vn fort beau liure, tout enrichi d'or, & de forme triangulaire. Quand les lions eurent veu le liure, il sembla qu'ils fussent tout effrayés, & appaiserent leur differend. Et i'oui vne grande voix du ciel, disant, Cessez, cessez, quittez vos inutiles & vaines solicitudes, & differents, vous fols, & vous rangez à la volonté du Seigneur des armees, qui domine sur toutes choses, lequel vous est manifesté, & se donne à vous en ce liure. Et les deux lions prirent le liure en leurs pieds de deuant, l'ouurirent, & le lurent tout de bout en bout. Et apres qu'ils l'eurent lu, ils le fermerent derechef, & l'vn des lions en mangea vne partie, & l'autre l'autre. Et les Anges me dirent, Pren bien garde. Et là dessus ie vi derechef, qu'vne pierre à aiguiser, qui estoit de feu, tomboit du ciel en bas entre les lions: & sur cela, i'oui cete voix, Aiguisez, & rendez bien trenchantes vos espees, vous, qui deuez, au Nom de l'Eternel, batailler vaillamment contre les ennemis. Car le Seigneur Dieu fera, que vos espees seront fort acerees, & trempees du venin de l'ire de Dieu. Mais les espees des ennemis seront comme du bois frele, & mol, & chacun les pourra rompre à son plaisir. Mais, quant à vous, ne vous fiez point sur vos forces, & ne vous fondez point sur la force de vos cheuaux bien duits à la guerre: ains confiez-vous ſur la treshaute puiſſance, & force du grand Dieu, lequel auſſi ſe preſentera en ce combat, & foulera tous vos ennemis deuant vos yeux. Et les lions prirent la pierre à aiguiſer en leurs pieds gauches de deuant, & auec les droits ils aiguiſerent leurs eſpees, iuſques à ce qu'icelles deuinrent toutes eſtincellantes, & ſembloyent charbons attiſés : & lors la pierre à aiguiſer diſparut. Et les Anges me dirent, Approche-toi, regarde encor plus attentiuement, & retien diligemment tout ce qui te ſera ici monſtré. Et ie vi derechef deux armures de fer, qui tomboyent du ciel, & apres cela i'oui une telle voix, Veſtez ces armures, vous, qui auez eſté elus, afin que le Dieu Fort en ſa vengeance deſtruiſe ſes ennemis, & ceux de ſes enfans. Preparez-vous donc, & vous equippez, afin qu'en tout temps vous ſoyez preſts : car entre-ci & fort peu de temps, le Roi de gloire, & le Dieu Fort s'eſleuera en ſa gloire : le Seigneur, ce vaillant guerrier, ſortira, & ira au deuant de vous contre l'ennemi. Il les diſſipera, comme le vent diſſipe la bale, & comme vn menu pouſſier, en ſon courroux, & les mettra bas pour marchepied de ſes pieds. Auſſi lui ſera baillé le ſceptre de ſa puiſſance ſur la montagne de Sion, afin qu'il domine au milieu de ſes ennemis. Car meshui le temps eſt proche, auquel le Seigneur Ieſus commencera à regner, & ce ſans fin, & eternellement. O vous elus, eſiouiſſez-vous, qui auez eſté oppreſſés ſous

le ioug

le ioug peſant & intolerable du meſchant Pharaon : car il eſt deſormais eſtouffé dans la mer de la grande & effrayable ire de Dieu, enſemble ceux qui ont pourchaſſé voſtre perdition. Reſtaurez-vous apres cete groſſe charge, & faix, pour lequel vous eſtes deuenus tous recrus & faillis. Car maintenant vous auez vn bon Roi, Seigneur, & Eueſque de vos ames, qui ſent treſbien voſtre tribulation : rendez-vous à cetui-là, mettez toute voſtre eſperance en lui, tenez-vous à lui, & ne vous departez de lui pour occaſion quelconque. Entrez maintenant és beaux palais de Ieruſalem, eſiouïſſez-vous en la gloire, & au renouuellement d'icelle : iettez cris d'eſiouïſſance, & dites, Halleluia : Dieu noſtre Seigneur regne : pourtant ſoyons ioyeux, chantons lui louanges, comme cela lui eſt du, dés à preſent à tout iamais. A tant cete voix ceſſa. Et les lions s'equipperent tout promptement de leurs harnois, & apres qu'ils furent armés, les Anges me dirent, Regarde encores. Et ie vi vne groſſe chaine toute en feu, tombant du ciel ſur les lions, & ſembloit à voir qu'ils en fuſſent liés : & i'ouï dechef vne telle voix, criāt là deſſus, Hola, ſoyez liés de cete chaine, vous, par leſquels Dieu veut ſecourir ſon poure peuple affligé, & abbatu iuſqu'au bout : afin que, puis que le Seigneur des ſeigneurs vous à reuelé toute ſa volonté, vous vous vniſſiez enſemble, & ſoyez conioints par charité, loyauté, & vnion : & que vous demeuriez fideles entre vous, & enuers vostre Chef celeste : & vous gouuerniez en toutes choses selon sa bonne volonté, iusques à ce qu'il ait acheué ce qu'il a arresté d'exploiter par vostre moyẽ. Maintenant se leue le puissant & inuincible guerrier: maintenant est-il suiui de ses milliers, & de ses dix mille milliers, sans nombre. Maintenant a-il gaigné la victoire, & veincu ses aduersaires, & de son peuple, lui, di-ie, qui est ce fameux guerrier: vous aussi auez veincu, mais c'est par sa vertu: & pourtant preschez-le, & le publiez par tout l'vniuers auec ioye : disant, En toi nous auons veincu nos ennemis, en ton Nom nous auons abbatus tous ceux qui se sont bandés contre nous. Auiourd'hui est le iour de la victoire, lequel le Seigneur, nostre Dieu, a fait. Pourtant soyons ioyeux en lui, louons le Seigneur, car il est bon, & sa benignité dure eternellement. Ici la voix s'arresta derechef, & les lions demeurerent comme tous estonnés, & esperdus. Et disoyent l'vn à l'autre, Qu'est-ce là ? Et s'entrerespondoyent l'vn à l'autre, Du Seigneur Dieu sont procedees toutes ces choses, & elles sont esmerueillables à nos yeux. Et apres s'estre salués l'vn l'autre, ils se separerent, allant l'vn d'vn costé, l'autre de l'autre : comme ils estoyent auparauant venus ensemble auec leurs espees. Et les trois Anges, qui estoyent demeurés les derniers, me dirent, Que dis-tu de ces choses, que tu as veuës en ces lions? Et ie di, le Seigneur Dieu leur donne sa benediction. Et là dessus les trois Anges dirent, tous d'vne voix, Amen, Amen, Amen. Puis apres ils me dirent, Vien plus auant auec nous : & i'allai, & fu conduite par deux de ces Anges, & le troisieme alla deuant auec le liure, & ils me menerent à une eau, hors de laquelle estoit sorti vn grand serpent, lequel prenoit & deuoroit les poissons de l'eau. Et ie demandai, quel serpent estoit cela ? Et ils me respondirent, C'est l'aduersaire de Dieu, & des hommes, à qui Dieu a permis de deuorer son peuple, comme ces poissons ont esté deuorés. Mais, d'ores en auant il n'en deuorera plus : car il deuore le dernier : mais celui qu'il deuore à present, lui sera fort malaisé à digerer. Et les Anges me baillerent vn grand baston de fer, & me cõmanderent de fraper : & ie le frapai; mais ne le pu fraper à mort. Et l'Ange m'osta le baston, & en frapa le serpẽt, tãt qu'il en mourut; & puis le ietta dans l'eau : & me dit derechef, Comme tu as veu que i'ai tué le serpent: ainsi sera l'Ange du Seigneur enuoyé cõtre les meschãs, signifiés par le serpent, & icelui les frapera si fort & longuemẽt, qu'en fin il les tue, & qu'il les iette dans l'eau, ou plustost dans l'abysme du iuste iuge, & iugement, & que là il les noye & estouffe eternellement. Puis apres ils me menerẽt à l'autre bout de l'eau, & ie vi vne petite nasselle, pleine de froment, & y auoit de la bale espandue au long & au large sur l'eau. Et lors ie demandai, que vouloit dire cete nasselle. Et les Anges me respondirent, La petite nasselle que tu vois, est l'Eglise de Iesus Christ le Seigneur: & le froment, signifie les fideles, & elus, vrais membres de l'Egiise, laquelle, par les tentations de l'Antechrist, est tellement espuree & nettoyee, que mesmes toute la bale, & la bourre, & toute ordure, qui s'est voulu mesler auec le bon froment, a esté versé, & ietté dehors. Or, quant à la nasselle, elle n'a point de lieu arresté, & perpetuel: ains est emportee haut & bas, & se retire de deuant ses meurtriers, & tyrans: & en seruant à son Seigneur, & Maistre, elle se garde, que les meschans basteliers, & laboureurs, ne meslent l'yuraye de leurs erreurs, & fausses inuentions, parmi le pur froment de Dieu, & ne l'ensalissent tout. Et pourtant est elle contrainte de se cacher par ci par là, & estre portee haut & bas sur les eaux tempestueuses de ce monde; & ainsi ensuiure son chef, & lui estre rendue semblable: lequel de mesme n'a eu où reposer son chef. Et pourtant, si cela est auenu au bois verd, qui est le tres-bel, & verdoyant arbre de iustice; combien plus auiendra-il au bois sec? Mais toutesfois le Seigneur dit ainsi, Ne crain point, ma petite nasselle: car tes angoisses ne dureront plus gueres: car bien tost i'exterminerai tous ceux qui t'ont affligee, & te ramenerai derechef en ton lieu. Ie te planterai profondement, & t'asserray fermement. Ie fortifierai tes portes de bastions, & de forte enceinte de murailles; afin que nul ne te puisse plus oster de ta place. Aussi tu oublieras tou-

toute ta douleur, & tristesse, à cause de ta ioye. Ie te donnerai la paix, selon le souhait de ton ame: aye seulement vn peu de patience, car les heures courent hastiuement à leur fin. Maintenant tout en vn instant viendra l'heure de ta tant desiree deliurance. Alors tourneras-tu ton cœur vers moi, & m'offriras tes offrandes beaucoup plus agreablement, & de plus ardant zele, que tu n'as iamais fait par ci-deuant. Ie serai ton Dieu, & tu me seras vn peuple cher, & elu, & nul ne t'arrachera iamais de mes mains en toute eternité. Ainsi dit le Dieu des armees. Apres que les Anges eurent acheué ces propos, ils me dirent, Nous auons esté obligés de te declarer, & reueler, ce qui nous auoit esté commandé de Dieu: partant retien-le en ta memoire: & exalte & louë le Seigneur Dieu, auec tous les autres: lui, di-ie, qui seul fait choses merueilleuses. De vrai tu souffriras toutes sortes de detractions, & d'infamies: & tout ceci sera par plusieurs tenu pour inuention humaine: voire mesme, cet œuure de Dieu sera appellé imposture du diable: & sur tout en un certain endroit, où il faudra que tu te monstres. Mais, ne crain point, & ne t'en soucie point, & ne t'afflige point de cét œuure, auquel le grand Seigneur t'employe. Et ne te rebute point pour tout cela: car il faut qu'il auiene ainsi qu'il plaist au Seigneur: afin que, puis que la viuante voix du S. Euangile, & de la pure parole de Dieu, laquelle les fideles seruiteurs de Dieu ne peuuent, ou n'osent prescher au peuple, est supprimee ; le grand Dieu, qui agit & procede tres-librement selon le bon plaisir de sa volonté, en toutes choses, reuele, par instrumens foibles, & contemptibles, quelques secrets aux siens, pour leur consolation, & renfort. Et puis que tu dois sauoir, qu'il n'en peut estre autrement, dispose-toi à te sousmettre volõtairement à ce Seigneur, qui t'appele à ces choses singulieres. Assuietti-toi sous sa puissante main, & louë le Nom de ton Dieu par sur tout, & en tout temps. Le Dieu de la paix, & de toute ioye, & liesse, te garde eternellement, & te donne sa sainte paix. Et lors tous les trois Anges me baillerent la main: & ie reuin à moi.

VNE AVTRE.

LE huitiéme Ianuier, enuiron les six heures apres midi, i'eu vne telle vision. Le Seigneur mesmes vint à moi, en habit long, & blanc, & resplendissant. Et apres m'auoir baillé la main, il me dit, Ma paix demeure en ton cœur à perpetuité. Voici, ie vien derechef à toi: car mõ plaisir, & ma ioye est de demeurer auec les fils des hommes. Pourtant, vien, allons-nous pourmener en mon iardin: preste l'oreille à ma grace, & que tõ cœur en soit rèpli: car ma grace est plus douce que miel, & ma parole plus sauoureuse que beurre, ou que le tresbon vin. Voici, ie te veux faire vn banquet en en mon iardin,& te veux rassasier de ma dilectiõ, & te dõner à boire de ma grace: cueille des fruits de mon beau iardin de grace, & t'en rassasie: afin que tu viues à perpetuité: seons-nous ensemble, & mangeons: soyons ioyeux toi en moi, & moi en toi. Mange auec moi de mes fruits tres-doux: & boi du tressauoureux vin de ma grace: car ie t'en ai versé à boire, en la coupe de ma grace & benignité par dessus les bords. Et nous allames nous pourmener dans le iardin, & apres nous assimes sur l'herbe verte, là où à l'instant parut vne table, & au dessus vne grande abondãce de beaux fruits tous freschement cueillis, & aussi vne coupe pleine d'vne boisson tres-douce. Et ie mangeai des fruits, qui me sembloyent de tresbon goust, & ie bu de la coupe, qui estoit fort douce & agreable; le Seigneur mangea & but semblablement auec moi. Et apres que i'eu mangé & bu à suffisance, la table, auec tout ce qui estoit dessus, disparut de deuant mes yeux: mais le Seigneur me bailla vn onguent, qui rendoit vne fort souëfue odeur, & puis me dit, Voila, ie te donne le baume de ma force, & de ma presence: amasse-le en ton cœur: car ie te veux encor employer à beaucoup de choses: esquelles, sans cet onguēt, tu ne pourrois subsister: mais en moi tu peus tout en tout temps. Et ie pri ledit onguent de la main du Seigneur, & mon cœur s'ouurit à l'instant, & ie mis cet onguent en mon cœur, & senti sur cela vne agreable ioye en mon cœur. Et l'Eternel me dit derechef,

Escri vne lettre, és mesmes termes, que ie te dirai. Et ie vi en suite vn Ange qui se tenoit deuãt moi, ayant en sa main un cornet d'ancre à escrire, & vne plume de letton: & en l'autre main vn parchemin: & ie pri de la main de l'Ange le parchemin, & la plume, & i'escriui selon que le Seigneur me commanda. Or le contenu de cete lettre se rapportoit à moi tant seulement, & par icelui i'estoy fortifiee pour l'œuure, auquel le Seigneur me vouloit employer encor de là en auant: & aussi à celle fin, que ie pusse tant mieux garder & retenir les choses, qui me seroyẽt reuelees. Et afin que ie fusse animee à tant mieux considerer & peser les œuures de Dieu, l'Eternel me commanda, que ie pliasse la lettre en forme triãgulaire, & la cachetasse de son cachet, & la gardasse en mon cœur, comme auparauant i'auoy fait de l'onguent. Ce que ie fi de point en point, selon le commandement du Seigneur. Apres donc que i'eu mis cete lettre en mon cœur, le Seigneur me dit, Fai que ces paroles demeurent fermemẽt & inuariablement en tõ cœur: tellemẽt que ni Satan, par quelque ruse que ce soit; ni aucun homme viuant, ni par douces, ni par contraires paroles, ne les puisse arracher, ni effacer de ton cœur; nõ pas mesmes ose l'entreprendre. Car c'est moi, qui, cõme Dieu Toutpuissant, l'ai fait: & qui est celui, qui se puisse opposer à moi? Puis il me dit derechef ces mots, Pare-toi, & vests-toi de cet habillement, que ie t'ai acquis par ma gloire, & par ma iustice: & presenſente-toi deuant mes yeux, ſainte, pure, & immaculee. Et à l'inſtant ie vi au deuãt de moi vne tresbelle robe, & autres riches paremens d'or, & atours, leſquels ie me mis incontinent, & chantai quelques Pſalmes à la louange du Seigneur, & ſonnai de quelques inſtrumens, pour demonſtrer au Seigneur l'humble reconoiſſance de mõ ame. Apres cela, nous partimes de la place, où nous auions eſté aſſis, & allames derechef nous pourmener par le iardin: & le Seigneur me mõſtra les endroits du monde, cõme le Septentrion, & l'Orient: & apres auſſi, l'Occident. Puis me dit, Du coſté du Septentrion, comme auſſi d'Orient, viẽdront à l'impourueu des grãdes eaux, auec beaucoup de maux, ſur ceux qui à preſent machinent des maux. Car les choſes ſe diſpoſent preſentement à ce, que ceux qui ſont elus à cela, ſe leuent & marchent contre la paillarde Babylonique, laquelle eſt ſi fort gorgee, & enyuree du ſang des ſaints, & eſt aſſiſe ſur la grand Beſte. Iceux l'extermineront en mon Nom, & lui oſteront toute la force, & enleuerõt toutes ſes richeſſes, & threſors: & quant à elle, ils la deſchireront, & la mettront en pieces, & la bruleront au feu de mon ire, enſemble ſa grande Beſte, ſur laquelle la Paillarde a aſſis ſa confiance. Et moi, ayant ouy ces choſes, ie donnai à ces gens là ma benediction, & di, Le Seigneur face que tout ce, qu'il a arreſté, pour maintenir ſa gloire, & de ſon ſaint Nom, ſoit accompli. Apres cela le Seigneur me bailla vne grande coupe en la main, & ie lui demandai, Quelle coupe estoit cela? Et il me respondit, Cete coupe est és mains de Dieu, & le vin mixtionné de l'ire de Dieu bout en icelle: & le Seigneur en verse à boire à tous: mais tous les meschans de ce monde en doiuent boire les lies. Partant, vien ici, & verse hors de la coupe la grande ire qui est dedans. Et ie versai tout ce qu'il y auoit dedans la coupe sur le Midi: & en suite la terre trembla, là dessus i'ouy vn gros tonnerre, & esclair, dont ie fu fort effrayee. Et le Seigneur me dit, Auec cete coupe a esté auiourd'hui versee l'ire de Dieu sur Babylon, & sur ses habitans, comme tu as veu. Car l'Eternel estoit meshui tout las & recru du tort fait à ses poures affligés, & ne pouuoit plus voir les iniquités, & le meschant train de ceux qui s'opposent à lui. Pourtant imprime bien auant en ta memoire les choses que tu as veuës, & les escri diligemment: mais toutesfois apres que tu en auras receu commandement au preallable. Resiouy-toi aussi de ce, que le Seigneur Dieu a eu souuenance de son peuple, & qu'il voit toutes choses, & qu'il rendra aux meschans selon leurs meschans actes. Sur cela, il me bailla la main, & dit, Ma protection, & la presence de ma vertu, & force, demeure auec toi eternellement. Et il se departit d'auec moi, & ie reuin à moi.

VNE

VNE AVTRE.

LE neufuiéme Ianuier, enuiron les six heures apres Midi, i'eu cete vision. Premierement, vinrēt derechef à moi trois Anges, & apres qu'ils m'eurent baillé la main, ils me dirent, La misericorde de Dieu te preserue eternellement. Et vn d'entre eux portoit en sa main le gros liure, & apres qu'ils l'eurent ouuert, ils m'en firent lire dix fueillets: & quand i'eu acheué de les lire, l'Ange referma le liure. Et en ces entrefaites, le Seigneur mesmes vint au milieu de nous au iardin: &, apres qu'il m'eut baillé la main, il me dit, Ton cœur soit rempli de ma ioye en tout temps. Puis il s'assit sur l'herbe, & me commanda de m'assoir aussi aupres de lui. Et là dessus me dit, Escri des lettres aux quatre coins du monde, selon que ie te commanderai. A ceux de Septentrion, & d'Orient, fai entendre ma volonté, selon laquelle ils se doiuent gouuerner: d'autant qu'ils ne veulent suiure que leur propre sens, & sagesse: quoi que de vrai toute leur sollicitude n'est que pure folie à eux: car ils sont semblables à vne beste sauuage, & farouche: & leur est aduis, que ce que le Treshaut veut executer par eux, est vn prodige, & vne chose impossible. Et pourtant aussi ne peuuent-ils point si tost accomplir ma volonté: iusques à ce que moi-mesmes les guide à cela, & que ie leur monstre, comme au doit, ce qu'ils doiuent faire, & parfaire. Ce sera alors qu'ils commenceront à reconoistre à bon escient ma volonté, & à se deporter de leur sagesse. Et, quãt à ceux d'Occident, auerti-les qu'ils pensent à ce qu'ils doiuent faire. Mais, quant à ceux du Midi, annonce leur ma malediction, & leur eternelle ruine: & que meshui leurs iours sont accourcis, & qu'il ne se trouuera aucun qui ait pitié d'eux. Car leurs pechés, & forfaits, sont escrits auec vn burin de fer, sur vn tableau de pierre tresdure; de sorte qu'il est impossible qu'ils soyent iamais oubliés, ni effacés. Attendu que leur puanteur est montee iusques aux narines de celui, qui est assis là haut. Et i'escriui ces lettres, selon que le Seigneur m'auoit commandé. En premier lieu i'escriui à ceux du Septentrion, puis apres à ceux de l'Orient, & de l'Occident; & apres tous à ceux du Midi. Et ie pliai les quattre lettres, en la forme d'vn Triangle, & cachetai chacune d'icelles de trois cachets: & apres que ie me fu leuee, ie les departi à chacun, selon les endroits où elles s'adressoyent. Et puis m'en estant retournee, & me pourmenant auec le Seigneur dans le iardin, le Seigneur me bailla vn petit liuret, & me commanda de le manger: & ie l'aualai à trois reprises, & ie senti en la bouche vne douceur, & vn goust agreable: mais au dedans ie senti comme vne conuulsion & attraction. Sur cela, i'apperceu au deuant de moi vn grand tas d'habillemens,

lemens, & d'autres choses. Et l'Eternel me dit, Fai-toi vn paquet de ces besognes, que tu vois deuant toi : & le charge sur tes espaules, & t'en va deuers le Septentrion. Et i'en fis ainsi : & pris le paquet, & m'en allai deuers le Septentrion, là où ie vi vne tresgrande multitude de peuple, hommes & femmes, lesquels à mains iointes & leuees au ciel, faisoyent leur priere. Là dessus ie mi bas mon paquet, & m'en allai derechef de là. Et le Seigneur me dit, Plie-toi encor vn paquet: & t'enfui auec icelui en toute haste vers l'Oriēt. Ie me pliai donc derechef ce paquet, & le pri, & allai auec icelui vers l'Orient, & me trouuoi fort chargee & recruë. Et quand ie fu arriuee en ce lieu-là, ie n'y trouuai point tant de gens, comme au Septentrion. Et apres que i'eu là mis bas ma charge, ie m'en allai de là. Et le Seigneur me dit derechef, Voici, i'espardrai mon peuple parmi les nations, & l'enuoyerai en païs estranges, & les sauuerai par ce moyen du soudain tourbillon de mon courroux, lors que ie ferai pleuuoir feu & soufre, afin qu'ils me soyent gardés. Et pourtant, comme tu as veu, ainsi courront-ils, & ne sauront où courir : mais ie leur monstrerai le chemin, & ne destournerai point ma misericorde de dessus eux : ains leur baillerai à suffisance du pain celeste, duquel ils seront rassasiés en paix, & sans aucun empeschement. Ie leur donnerai aussi leur nourriture corporelle, & toutes leurs necessités temporelles, & ne les delaisserai aucunement, toutesfois & quantes qu'ils se confieront en moi, & se conuertiront à moi. Car mon Nom est vn fort Rocher : & quand le iuste a son refuge vers moi, il est deliuré & conserué au mauuais temps. Apres cela, le Seigneur me dit, Vien çà plus outre. Et i'allai, & ie vi vn grand tas de merrain, & de pierres taillees. Et le Seigneur me dit, Basti, & fai vne grande maison de ces estoffes ia toutes apprestees : afin que là dedans i'assemble mes bien-aimés fideles, qui me sont demeurés fideles en toutes choses : Voici, ie leur demonstrerai aussi au reciproque ma fidelité, leur tenāt les promesses que ie leur ai faites. Et ie me mi à bastir la maison, & voila elle estoit extremement belle. Et quand la maison fut acheuee de bastir, le Seigneur dit, Plantons aussi vne vigne, afin qu'elle me rapporte ses fruits. Et à l'instant ie vi vne belle vigne tout ioignant la maison, & nous allames nous pourmener dans icelle. Or i'y auoy semé certaines singulieres semēces odoriferantes, & y auoy planté des ieunes arbres, lesquels vintent heureusement, meurirent, & porterent de beaux fruits, ensemble les raisins, & rendirent vne souëue odeur par toute la vigne. Et le Seigneur me dit en outre, Vien : & visite la maison neufve. Et ie vin, & ie vi que la maison estoit pleine de gens, qui chantoyent à haute voix le 98. Psalme, Chantez à Dieu nouueau Cantique, Car il a puissamment ouuré, &c. I'oui aussi vne melodie de diuers instrumens de musique.

que. Et le Seigneur me dit, Or ai-ie maintenant accompli mes promesses à mon peuple, lui ayant procuré & donné la paix, afin qu'il me serue en sainteté & iustice. Pourtant, ren-moi louange, & honneur, ô toi, ma vigne eluë, afin que mon Nom soit grand en toute eternité. Et le Seigneur me prit par la main, & me mena hors de la maison, & me dit, Maintenant ie m'en vai d'auec toi: mais ie retournerai derechef à toi. Et me dit en outre, La vertu de ma ioye soit auec toi. Et il s'en alla d'auec moi és nues. Et ie reuin à moi.

VNE AVTRE.

LE Ieudi, 10. Ianuier, enuiron vne heure apres midi, i'eu vne telle visiō, En premier lieu vint à moi l'Ancien, en longs vestemens blancs: & me bailla la main, & me dit, Ma force, & ma victoire soit auec toi, à ton repos eternel. Mais aux ennemis, qui auiourd'hui se fondent sur leur force, & penseront obtenir victoire, qu'icelle soit à leur eternelle ruine & perdition. Et pour cet effet, viē auec moi, & ie te monstrerai ce qui est bien estrā-ge. Car auiourd'hui est le iour, choisi pour cete fin, que i'espande au long & au large le renom de ma gloire, & de ma puissance, & qu'en icelui i'accomplisse ce que dés long temps i'ai decreté en moi-mesme. Et me dit en suite: Regarde maintenant attentiuement, que rien ne t'eschape, sans y prendre garde. Car ma volonté, & ma force, passeront tout soudain, comme vne flamme. Et ie vi suiuamment vne fort haute montagne, sur laquelle estoit vn certain homme, qui sonnoit la trompette si haut & fort, que la terre en trẽbloit: & icelui se tourna vers les quatre coins du monde. Et on pouuoit bien entendre ce qu'il sonnoit sur sa trompette: car ie discernai ces mots, Assemblez-vous, assemblez-vous, tous peuples de tous les endroits du monde, pour executer ce qui est du bon plaisir du Roi de gloire. Et ie vi qu'vn tresgrand peuple à pied & à cheual, de differents habits, s'amassa: & se mit tout à l'instant en rang de bataille les vns contre les autres. Et i'ouï vne voix qui disoit, Or maintenant est le temps. Et là dessus vne des troupes choqua contre l'autre tres-rudement & asprement. Et l'Ancien me dit, Montons sur la montagne, & tu verras tout ce qui se passera. Nous montames donc sur la montagne, là où cet homme auoit sonné la trompette. Mais la bataille se fit au bas de la mõtagne. Et il me dit derechef, Cete armee-là est celle du Midi, celle de l'Antechrist, & de la Beste, sa paillarde. Et me monstra au doit l'armee du Midi. Puis il me monstra aussi au doit l'autre troupe, & dit, Celle-ci est du Septentrion, & du Leuãt, de laquelle pieça il t'a esté parlé. Et pourtant ramene à ta pensee tout ce qui t'en a esté dit, comme aussi de l'autre: & pren biẽ garde à tout: & considere. Car il arriuera tout ainsi que tu l'as ouï dire. Et ie regardoy attentiuement. Et la bataille duroit encores, & le peuple du Septẽtrion estoit desia fort batu, tellement qu'il en demeuroit fort peu de reste: & i'auoy vne tresgrande peur qu'il ne fust desfait tout entierement. Et lors l'Ancien me dit, C'est maintenant que le secours viendra de Sion, du throne de ma gloire, comme il a esté promis.

La fille, estant paruenue iusques à ceci, en la descriptiõ de sa visiõ, s'endormit, tellement que mesme la plume lui tomba de la main: & quand elle fut resueillee, elle plia ce qu'elle en auoit escrit: car, disoit-elle, il lui estoit commandé de s'arrester à ceci. Mais pourquoi? Dieu seul le sait. Peut estre est-ce afin, que nous trouuans auiourd'hui en cet estat, qu'il n'y a plus aucun de reste, qui se presente à la bataille; nous attendions, en la crainte du Seigneur, & auec tremblement, le secours de Dieu, & ses infinies misericordes.

S'ENSVIT PARTIE DES PROPOS, *qu'elle a tenus en ses extases.*

LE 1. Feurier, styl ancien, 1628. enuiron les cinq heures apres midi, elle estoit en la chambre, assise sur vne chaire, en bonne santé, & disposition. Elle tomba inopinément en extase, & se leua de sursaut, alla au deuant de quelcun, lui bailla la main, le baisa, & dit, Seigneur, allons dedãs ce iardin nous pourmener. Là dessus alloit haut & bas, & dit, Auiourd'hui i'en ai lu dix fueillets, & ai tout entendu. Quand tu es present, i'entens tout: ie puis tout en toi. Helas, combien ie t'ai volontiers aupres de moi : (ce qu'elle dit auec vne extreme ioye de cœur) tu es ma couronne, tu es mon parement, tu es toute ma gloire. Helas! mon ame s'esiouït en toi, ô Dieu viuant. Helas! qui suis-ie, que tu m'aimes tant? Ie ne suis que poudre & cendre. Helas! Seigneur, ie ne suis pas digne que tu te manifestes à moi. Mais toutesfois, puis que tu as donné ton ame pour moi, cõment ne m'aimerois-tu pas ? Que te pourrois-ie retribuer, ô mon Seigneur ? Pren-moi, & retire-moi à toi, afin que ie te puisse eternellement seruir. Helas! Seigneur des armees, qui peut sonder tes œuures! Ie t'aime du fond de mon cœur, ô Dieu des armees, mon Rocher. Helas! pren-moi à toi. Cõbien long temps dureront mes iours ? las, pourquoi m'as-tu eluë à cela ? Pourquoi as-tu reuelé tant de secrets à moi poure pecheresse? Ie ne puis penser à autre chose. Las, quelle action de graces t'en puis-ie rendre ? O mon Roi, & mon Seigneur, dui-moi à toi, afin qu'en tout temps ie te puisse louër & magnifier. Las, ie ne suis pas digne de contempler la face du Tressaint : mais ainsi que tu veus, ta volonté soit faite. Ie te veus faire vn chapelet de fleurs. Là dessus elle fit en son extase des gestes, comme si elle eut cueilli des fleurs à pleines poignees, & les mit en son giron, & en fit vn chapelet, & mit le chapelet sur la teste de celui qu'elle appelloit son Espoux, & le bouquet en sa main: & dit, Ne t'ē va pas si tost d'auec moi. Par ci deuant tu m'as batue d'vne main, & de l'autre tu m'embrasses. Atten, ou pren-moi auec toi. Retourne : ie t'attendrai. Là dessus elle leua les yeux au ciel, & reuint à soi.

Le 6. Feurier, elle se para, & attendoit auec grand desir. Et comme elle fut tombee en extase, elle alla au deuãt de son Espoux, le receut, & parla fort longuement auec lui secretement, & en fin dit tout haut, Ie t'ai attendu auec grand desir. Il a esté trois fois auec moi; ie l'ai prié qu'il me guerist. Mais il l'a refusé, & m'a dit, que toi seul és le vrai Medecin : *(ce qui doit estre entendu de l'Ancien, qui la renuoyoit au Seigneur)* Gueri-moi donc, ô Medecin Eternel, & me gueri non seulement exterieurement, mais aussi interieurement. Là dessus elle chanta vn Cantique spirituel de la pureté du cœur : puis du Pse. 40.

O Dieu, merueilleux sont tes faits,
Tu penses de nous tellement,
Que nul ne sauroit seulement
Mettre de rang les biens que tu lui fais.

Et du Pse. 111.

Du Seigneur sont grands les effets,
Et qui bien contemple ses faits,
Vrai contentement y rencontre.
Ce n'est que gloire & maiesté
De ce qu'il fait, & sa bonté,
Par tout eternelle se monstre.

O Seigneur, enseigne-moi à prier. Ie ne trouue point en moi des paroles, pour te louër suffisamment. Du Ps. 51. elle chanta,

Las, Createur, te plaise en moi creer

Vn cœur tout pur, vne vie nouuelle:
Et pour encor te pouuoir agreer,
Le vrai Esprit dedans moi renouuelle.

Range & dispose-moi, Seigneur, à ce que ie ne viue point selon ma volonté, mais selon la tiene. O Dieu de ma gloire, ô Dieu de mon salut. Las! couronne de ma gloire, commēt pourroy-ie raconter tes merueilles? Mon cœur, & mon corps defaillent, & mon esprit pasme apres toi, ô Dieu viuāt. Helas! puissant Dieu des armees! qui peut seulement racconter tes merueilles? Helas Seigneur, Roi de gloire, ô Tressaint, ie ne suis pas digne de parler auec toi. Helas! ô saint Dieu, & benin. Alors elle fit, comme si elle eust receu de lui quelque chose, comme vne chaine d'or, qu'elle pendit à son col, vne ceinture, & vn pommeau pendant à icelle, & vne bague, & des bracelets. Apres cela, elle mit autour de soi vn manteau, en disant, C'est ici le manteau de iustice, duquel tu couures ton Israel: &, monstrant la ceinture, elle dit, Tu me ceins de ioye. Puis apres elle chāta du Ps. 8. le premier & le dernier verset. Puis s'escria, Oh, ils vienēt, ils se prosternēt deuant toi. Là dessus elle se leua, alla au deuāt de quelcun, & bailla trois fois la main, & dit, Cōment sont-ils demeurés si long temps à venir! (c'estoyent les trois Anges, qui auoyēt accoustumé de lui porter le liure) Vous sauez bien, que i'y ai encor beaucoup à lire: où irons-nous auec le liure? Venez ici à cete table, posez-le ici: & toi, ouure-le. Sur cela elle se tourna à main droite, & dit, Seigneur, sieds toi ici:

i'en demeurai là dernierement. Apres qu'elle eut lu longuement, elle dit, Cela m'eſt vn enigme. Si tu n'eſtois aupres de moi, ie n'y entendroy rien. C'eſt vne choſe merueilleuſe : voila vn enigme: vn homme, que tu n'aurois point rẽdu capable, ne l'entendroit iamais. Elle s'eſmerueilla biẽ fort d'vne choſe: & dit, C'eſt cela. Ie ne l'ai iamais lu iuſques à ce iourd'hui. Et derechef elle dit auec esbahiſſement, O vrai Dieu, c'eſt ce qui eſt eſcrit là dedans. Combien ſont merueilleuſes tes penſees pour nous, ô Dieu Tres-fort? Maintenãt fermez le liure, i'y ai auiourd'hui lu vint fueillets.

Le 22. Feurier ſtyl ancien, elle alla auec la compagnie aux champs ſe pourmener: là où elle rõba en extaſe, & deuint toute roide: & là vn des trois Anges lui ſignifia, qu'ils viendroyent la trouuer au ſoir: & ſur le ſoir elle retomba en extaſe, & ſe leua derechef, alla au deuãt de quelcun, bailla la main, cõme à trois diuerſes perſonnes; auec leſquelles elle alla haut & bas quelque eſpace de temps, & en fin s'aſſit aupres de la table, & dit ces mots, (auec ſi grande ioye & exultation, que le corps en eſtoit ſouuẽt eſleué haut de terre) Tu le confeſſeras toi-meſme. Et puis chanta du Pſ. 85.

Bref deuant lui iuſte gouuernement
Ira ſon train, ſans nul empeſchement.

Et repeta ces mots, & chanta en outre,

Mais quoi? ie veus eſcouter que dira
Le Seigneur Dieu: car à ceux-là qui ſont
Doux & benins, de paix il parlera.

Helas! ce ſera bien lors, qu'ils oublieront toure tristesse, pour la grand ioye qu'ils auront. Du Ps.72. elle chanta auec vn grand esclat de ioye,

Lui regnant, fleurtront en voye
Les bons & gracieux,
En bonne paix, tant qu'on ne voye
De lune plus és cieux.

Oh! viurai-ie bien iusques à ce temps-là? Iusques ici tout est de paix. O desiree paix! le Seigneur a-il rien commandé, dont ie n'aye parlé? Il a commandé cela: (là dessus fit des gestes, comme si elle eust receu vne lettre, l'ouurit, & la lut, comme si elle eust contenu le commandement) ie m'en le vai executer. Et s'assit à terre, & se mit en posture d'escrire. Quant elle eut escrit, elle relut ce qu'elle auoit escrit, & le plia en triangle; puis se leua, & dit, Il n'a pas enuoyé le cachet. Mais si a, il l'a enuoyé. Et cacheta auec icelui trois fois, à chaque coin. Apres qu'elle eut acheué la superscriptiõ, elle escriuit vne autre lettre, disant, Il faut que cela se face bien viste. Et elle cacheta de mesme façon cete lettre, & dit, Oui de vrai, cela auiendra comme vne ondee de pluye. Mais qui portera là la lettre? Et là dessus elle fit les gestes d'vne personne qui preste l'oreille à quelque chose, & puis dit, Ah, que i'escri mal volontiers à ceux-là: & escriuit la troisiéme lettre; & en toutes, à ce qu'on apperceut par les mouuemens de ses mains, estoit souscrit, A°.1629. Ce qui se put expressément discerner. Puis elle dit, Oh, à cetui-là! A ce maudit! Puis elle escriuit la derniere lettre; & en la souscription, elle dit, Satan. Là dessus elle en appela vn, & lui bailla la premiere lettre, & dit, Celle-ci s'adresse au Septentrion. Di leur, qu'ils ne tardent point. Tout est escrit là dedans. Celle-ci s'adresse à l'Orient. Di-leur, qu'ils se hastent, & ne choment point. Tout est escrit là dedans. La troisiéme s'adresse à l'Occident. Alors elle se tourna à costé, & dit tout bas, Il est vrai. Et puis dit par plusieurs fois, Ie sai bien que c'est: ie sai bien, l'Electeur de Saxe & Weinmar. En fin, elle deliura la quatriéme lettre, disant, Porte celle-ci à ceux du Midi: à ces execrables, & maudits. Di-leur, qu'ils en seront surpris, comme d'vne inondation. Di-leur, que de mesme ils seront abysmés au fonds de la terre, à cause de leur orgueil: ils se sont meshui par trop opposés à Dieu, & à ses saints. Le grand Capitaine les destruira, ensemble tout le regne de Satan. Paix soit auec toi. Et ainsi congedia le messager, & dit en outre, Dieu retirera son peuple du milieu des meschans: de peur qu'il ne perisse en la punition d'iceux. Mais sur les autres il laschera son courroux, comme vne flamme de feu. Et ceci auiendra lors que mon peuple n'attendra plus le secours de Dieu, & sera tout abbatu, & allangouri en sa misere. Mais Babel sera bien tost ruinee, & en vn instant. Le Seigneur exaucera le cri de ses fideles, qui gemissent à lui iour & nuit: la main du Seigneur n'est point raccourcie, qu'elle ne puisse secourir. I'ai lu là dedans choses grandement consolatoires. Et qu'auiendra-il lors, qu'il n'y aura plus aucun ennemi, qui endommage, &

que la desiree paix sera establie, & que l'Eglise de Christ verdoyera derechef. Il y aura des Magistrats craignans Dieu: la mer s'esgayera, & le ciel & la terre s'esiouiront: mais auant cela, ceci arriuera: le petit F sera exalté, & le vieil serpẽt, & le grand F sera abaissé. Celui-là sera le noble Roi, qui aura E. K. (lettres Allemandes, qui semblent respondre à A. E.) Elle ne voulut point declarer ces deux lettres, quand on lui monstra ce qu'on auoit escrit de ses propos. Et dit en apres, C'est le rameau d'oliue, qui suruiura à l'annee 1629. & y en a plusieurs, qui suruiurõt à ce temps-là. Et cõta quelque chose sur ses doits. O, que ceux-là seront heureux! Toutesfois, auant ce temps-là, les peuples s'esleueront les vns contre les autres, au iour qu'ils ne s'apperceuront point des deux lettres. Alors les hommes pourront parler des merueilles de Dieu. Apres cela, elle leur bailla la main, & les benit, & dit, Dites au Seigneur, que ie suis sa seruante: qu'il viene bien tost. Apres cela, elle reuint à soi: apres que cete vision eut duré vne heure & demie.

COPIE D'VNE LETTRE, QV'ELLE *escriuit à son pere dés le commencement de ses reuelations, pour responce.*

LA grace de Dieu soit auec nous tous: Amen. Monsieur mon tres-cher pere, ie croi qu'il vous est venu à notice, commẽt Nostre Seigneur m'a visitee d'vne grieue, & du tout extraordinaire maladie. Et en icelle ie n'ai desiré de mon bon

Dieu autre chose, sinon que ie vous pusse voir. Mais, cete miene requeste m'ayāt esté desdite, & ma principale priere n'ayāt riē obtenu, ie remets le tout à Dieu: disant auec Dauid, Pere, & mere m'ont delaissee: mais toi, Dieu des armees, pren-moi à toi. Aussi quant à ce, en quoi N. Seigneur s'est serui, se sert encores, & peut estre à l'auenir se voudra seruir de moi, ie ne le vous puis à present escrire, à cause de ma grāde foiblesse, & lassitude. Mais ie croi, que N. le vous aura fait sauoir, ou de bouche, ou par escrit. Ie me suis en fin remise tout entierement à mon Dieu: & i'ai conformé ma volōté à la siene: & en somme, ie di Amen, à tout ce qu'il voudra faire de moi, en quelque façon que ce soit. O Seigneur, ta volonté soit faite. Quant à ce, que vous m'escriuez, que ie ne deuroy point raccōter les visions, qui procedēt d'imaginatiō: ie ne puis y consentir. En premier lieu, d'autant que les visions, que i'ai euës, ne sont point procedees d'imagination, ou de maladie de cerueau: ains ont leur origine de Dieu mesmes. En second lieu, d'autant qu'il m'a esté commandé, que ie ne cachasse aux iustes chose quelconque de tout ce que ie verroye, & orroye: afin qu'eux aussi louēt, & magnifient le Nō du Seigneur des armees, qui est grand. Car aussi, il est raisonnable d'obeïr à Dieu, plustost qu'aux hōmes, voire mesmes qu'à ses propres pere & mere. Vous me dites aussi, que i'ai des visiōs assez au Catechisme, & en la parole de Dieu. Il est tres-vrai: & il y en a plus que ie n'é puis cōprendre. Mais toutesfois, si le bon plaisir de Dieu estoit, que ie susse plus qu'il n'est cõtenu au Catechisme, le pourroi-ie engarder, ou lui dire, Pourquoi fais-tu ainsi? Vous m'escriuez en suite, que vous ne voulez point auoir vostre fille prophetesse. Ia Dieu ne plaise. Aussi ne desire-ie point d'estre nõmee prophetesse. Car si quelcun veut estre prophete, icelui doit reueler telles choses, lesquelles ne sont point encor auenues. Mais quãt à moi, ie ne parle point de sẽblables choses: mais seulemẽt de ce, que ie voi, & oi: de cela parle-ie, & ne fai point professiõ d'estre prophetesse, ains vn simple instrument & organe de Dieu, duquel il se sert, pour annoncer aucuns siẽs secrets, & œuures veritables à ses saints, & iustes, à leur consolation. Et quoi qu'il pust sẽbler aux hõmes, que le Seigneur eust du choisir à ces singuliers effets, quelcũ qui fust sage, prudẽt, & sauãt: toutesfois puis qu'il a plu à Dieu autremẽt, & sõ bõ plaisir est tel, que dirõs-nous à l'encõtre? Car, ce qui sẽble estre contẽtible, & fol deuãt le monde, c'est ce, que le Seigneur a elu, afin qu'il cõfonde les sages. Ie ne sauroy que faire en tout ceci autre chose que de me sousmettre à la volonté de Dieu, & de faire ce qu'il veut: & de dire, Nostre Seigneur & bon Dieu a tout bien fait, & fait encores. Son Nom soit haut loüé eternellement. A tant &c.

Vostre loyale, & obeissante fille, & seruante iusqu'au tombeau,

CHRISTINA.

Tout ce que dessus est translaté des lettres Allemandes, d'vn personnage de haute qualité, &

digne de foi, qui est le Baron B. D. Z. qui s'est trouué present, & en a enuoyé le narré, pour en auoir le iugement des hommes sauans.

S'ENSVIT VN ABBREGE DE LA SVSDIte *histoire, enuoyé de mesmes par vn grand Medecin, & Philosophe, Escossois de nation, le Sieur Iean I. demeurant à Lesno en Pologne, où est ladite fille, lequel aussi a esté present à tout.*

C'EST vne ieune fille aagee de 16. à 17. ans: laquelle ayant esté malade d'vne suppression de mois, reuint en conualescence au mois de Decembre, 1627. Ses visions commencerent le 23. Nouembre styl nouueau 1627.

Onze iours auant ses extases, elle vit au ciel, à ce qu'elle dit, reelement vne verge rouge comme de sang.

Six semaines apres le commencement de ses extases, elle eut des accés d'epilepsie, qui durerét par interualles iusques au mois de Mai 1628. & on en a conté iusques à deux cens: toutesfois on n'y a pas remarqué tous les signes de vraye Epilepsie, comme l'escume de la bouche.

Huit iours auant que ces accés ayent cessé, elle a esté atteinte de fievre, laquelle lui a duré quelque temps apres la cessation desdits accés epileptiques.

Pendant l'extase, qui dure par fois cinq heures, tous ses sens sont perclus, & arrestés en leur operatiõ, sauf la faculté locomotiue, ou d'aller, & de se mouuoir de lieu à autre, & la parole.

Tout le corps en ce point-là est roide, & froid à le toucher: les yeux fixes, & immobiles: desquels toutesfois elle voit: car allant & venãt, elle ne se blesse point, ni ne se heurte: mais n'ont nul visage, ou habitude à la vie corporelle, ne voyant personne des assistans.

L'extase arriuant, les accés epileptiques cessoyent, & retournoyent apres l'extase, par interualles, quelquefois de deux semaines: esquelles elle auoit aussi des extases.

Apres la totale cessation des accés epileptiques, les extases ne cessent pas pourtant, mais lui auienent plus rarement.

Quelquesfois sur l'instant de la vision, lui arriue vne telle angoisse de cœur, qu'elle crie horriblement, & lors tout son corps est contract, & entors, en rond comme vne boule.

Elle dit, qu'il y en a trois, qui lui apparoissent, & lui reuelent les secrets, vn Vieillard, vn Iouuenceau, & vn autre, qu'elle nomme, Le Seigneur. Nous recueillons par beaucoup d'argumens, que les trois personnes de la sacree Trinité sont signifiees, ou representees. Il y a aussi trois Anges.

Elle a vne memoire excellente, & qui surpasse la capacité humaine. Les choses, qu'elle auoit ouïes en son extase au mois de Ianuier, elle les a redigees par escrit au mois de Iuillet, par cõmandement des Reuelateurs: &, comme elle proteste en conscience, sans y omettre vne seule lettre. Et les choses, qu'elle dit tout haut en son extase, qui sont recueillies & escrites par quelque escriuain,

& ſont à deſſein alterees, ou tronquees, elle meſmes, quelques iours apres ſon extaſe, les corrige cõme elles doiuẽt eſtre. Ie l'ai moi-meſme veu.

Hors de l'extaſe elle rit quelquesfois vn peu inciuilement : quelquesfois auſſi elle entre en grand cholere: dequoi eſtant repriſe, elle monſtre de n'en faire pas grand eſtat. Quelquesfois elle a des tentations diaboliques, qui la portent preſques au deſeſpoir. Moi-meſme ai aſſiſté à vne, en laquelle elle auoit preſques perdu le gouſt de la miſericorde de Dieu. Elle ſe trouue touſiours aux exercices publics de religion. Es particuliers, & domeſtics, elle rit par fois.

Elle meſmes a deſcrit ſes viſions, au nombre de dixneuf: leſquelles ſont cõceuës en ſtyle prophetique : comme tous les Theologiens, qui les ont veuës, l'aduouënt. La derniere viſion eſt de la grãde bataille entre l'armee de Septẽtriõ & d'Orient : & celle du Midi. Comme elle eut acheué d'eſcrire la moitié de la viſion, elle tomba en extaſe, en laquelle, comme ie lui ai ouï dire à elle meſme, il lui fut interdit de pourſuiure.

Elle dit, qu'enuiron l'an 1630. l'Egliſe ſera deliuree, le Pape, & la Maiſon d'Auſtriche, ſerõt ruinés, & Frederich ſera exalté. Que Dieu fera cet œuure par le moyẽ des Turcs, Tartares, Hõgrois, Suedois, Danois, Hollãdois, Anglois, François, Venitiẽs, Saxe Veinmar. Qu'auãt le dernier iour, & la fin du monde, paſſerõt encor mille ans. Mais toutesfois, que le tẽps prefix eſt ignoré. Il ſemble qu'elle conuient auec les modernes Chiliaſtes.

Elle dit aussi, qu'elle escrira à Friderich par le commandement de ses Reuelateurs. Ce que depuis elle a fait, à ce qu'elle dit: & qu'en ces lettres tout ce qu'il faut faire, auec toutes les circõstances, est couché par ordre & clairemẽt. Et pour closture de cete lettre, elle a mis, Pẽse à ta fin, & tu ne pecheras iamais. Enquise, commẽt cete lettre lui paruiẽdroit: elle a respõdu, l'Ange la lui portera cete nuit. Elle a eu ce cõmandement en la derniere extase qui a esté le 29. Octobre 1628. styl nou.

Quãd elle reuele quelque chose auant le temps qui lui est ordonné, elle demeure muette, aueugle, sourde, & priuee de raison, pour quelques iours. Ce qu'aussi i'ai veu de mes yeux.

Elle a lu en extase vn liure, où tout ce qui doit auenir en l'Eglise, & en l'Estat, est descrit sans enigmes, auec toutes les circonstances. Ayant acheué de le lire, sans qu'il lui fust commãdé d'en rien reueler, peu de semaines apres, par vne extase tout cela fut effacé de sa memoire, si qu'à peine se souuient-elle du liure.

En l'extase, elle fait tout fort deuotement: & n'aspire qu'à la vie eternelle, mesprisant la presente. Tout ce qu'elle profere de doctrinal, s'accorde auec la S. Escriture.

Son pere, excellent Theologien, la tança du commencement par lettres: du depuis il a assisté à cinq de ses extases, a dit que c'estoit le doit de Dieu: & a composé vn petit traité, auquel par huit raisons il preuue que ces visiõs sont diuines.

* * *

rle
de-
res
an-
clo
ı ne
lui
era
ıie-
ou.
nps
eu-
ues

doit
s e-
ıta-
d'en
xta-
pei-

: &
pre-
ſac-

a du
ſiſté
it de
l par
ines.

www.ingramcontent.com/pod-product-compliance
Ingram Content Group UK Ltd.
Pitfield, Milton Keynes, MK11 3LW, UK
UKHW012103240726
13965UKWH00004B/1517